(André Vinaqui)

LES CINQ LETTRES

ET

LES CINQ RÉPONSES,

OU

LA COMÈTE DE 1811,

ET SES SUITES.

LES CINQ LETTRES

ET LES

CINQ RÉPONSES,

OU

LA COMÈTE DE 1811,

ET SES SUITES.

PAR DEUX AMIS,

DONT L'UN CHERCHE LA VÉRITÉ,

ET L'AUTRE LA LUI DÉCOUVRE.

Voyez et réfléchissez : — pag. 37 et 72.

A VIC,

CHEZ R. GABRIEL, IMPRIMEUR-LIBRAIRE.

Novembre 1817.

ARGUMENT

INCONTESTABLE.

~~~~~~

Quand des faits, qui appartiennent à l'histoire, quelque récents qu'ils soient, sont retracés sans aigreur tels que toute l'Europe les a vus se succéder, le peintre est alors irréprochable, en même temps que fidèle ; et si l'impartial examen de pareils faits ne peut avoir lieu sans le triste inconvénient de mécontenter certains esprits diversement abusés, qu'ils s'en prennent à l'auteur, non du récit, mais des faits.

Au reste, il s'agit, dans cet opuscule, d'éclaircir un point de religion. Or, s'il faut à cette fin recourir à des événemens encore tout nouveaux, et des plus authentiques, il doit être libre à qui que ce soit d'en faire usage, sans toutefois dépasser les bornes de la modération ; comme aussi il est libre à chacun d'attaquer, avec un égal emploi de procédés honnêtes, les raisonnemens qu'on pourrait en faire. Mais
~~~~~~

comment les attaquer avec succès, quand, pour les renverser, il faudrait nier les événemens, ou au moins détruire la plus frappante des analogies, fondée sur un calcul évident? L'on ne saisira bien la force de cette assertion, qu'après la lecture de l'ouvrage.

AVIS,

Où la Vérité s'adresse et dit au Lecteur :

NE soyez pas plus difficile que moi. Voyez à quel point je suis souple : quelqu'un a-t-il le bonheur de me percevoir, et veut-il me produire au jour ? je me livre à sa discrétion, et il lui est libre, en consultant ses moyens, de me parer avec la magnificence d'une reine, ou de me vêtir dans le goût simple d'une vierge modeste. Quel que soit l'ajustement qu'on me prête, pourvu que je n'en sois pas défigurée, ou par trop d'apprêts, ou par excès de négligence, je m'estime heureuse dans mon sort, sûre de plaire et de triompher, soit que je brille sous l'éclat du Génie, soit que je me présente sous les traits ingénus de l'humble Candeur. Veuillez donc, Lecteur, me suivre dans mes agrestes jardins, comme dans mes plus somptueux parterres. Si vous me trouvez ici dénuée des agrémens qui feraient mieux ressortir mon amabilité, sans cependant ajouter à ma force, ne me dédaignez pas néanmoins. Pour suppléer à ce qui plairait tant à l'esprit, je vous promets un vrai plaisir de surprise. Etes-vous assujetti à des préventions, et le fond de cet opuscule pourrait-il ne pas vous sourire ? Vous y apercevrez toutefois des rapprochemens si nombreux, si inattendus, si frappans et même si piquans, que cette lecture ne vous aura pas peu intéressé. Etes-vous imbu de sentimens religieux ? vous verrez ici, en faveur de votre croyance, une preuve d'un genre tout nouveau. Lisez seulement, et n'importe de quelle manière vous soyez disposé, vous ne me refuserez pas au moins un léger signe d'approbation.

Dès que la Vérité s'offre et se manifeste,
Aimez-la dans son air magnifique ou modeste.

LES CINQ LETTRES

ET

LES CINQ RÉPONSES,

OU LA COMÈTE DE 1811, ET SES SUITES.

PREMIÈRE LETTRE.

O VOUS, qui possédez à bon droit toute ma confiance, et qui ne cessez d'y répondre, en me faisant part des réflexions que vous suggère votre habitude à méditer! que j'aime à cultiver ce doux commerce d'amitié, et à me distraire, par ce charme de la vie, du souvenir, si récent encore et si douloureux, de la misère où gémissaient tant de peuples! De long-temps on n'oubliera la calamiteuse année 1817, non plus que la précédente, si désastreuse par la contrariété des saisons. Quelle différence entre l'année 1816, et la mémorable année 1811, où nous admirâmes, au sein de la paix, cette brillante comète, alors accompagnée de jours enchanteurs, de nuits sereines et calmes, d'une température constante et si salubre, d'une abondance enfin si prospère, que l'âge d'or, tant préconisé par les poëtes, n'offre rien de plus complet ni de plus riant à l'imagination ! En quoi leur nectar, par exemple, surpasserait-il ce vin, qui immortalise la comète, et que celle-ci immortalise à son tour ?

A voir ces deux extrêmes séparés par un intervalle de quatre ans, et ces quatre ans marqués chacun par des faits de guerre très-sanglans et des plus extraordinaires, ne diriez-vous pas que cet astre nouveau, tout en nous souriant, préludait à nos malheurs ? de même que le soleil d'un beau matin ne nous réjouit d'un éclat si flatteur, que pour nous attrister plus profondément, lorsqu'il est suivi d'une tempête dévastatrice.

Il n'est que trop certain que, depuis l'année de la comète, des événemens déplorables ont agité toute l'Europe l'espace de quatre ans, et que la cinquième année, plus déplorable encore, a versé, sur une multitude de peuples, les maux qu'entraîne une grande rareté de vivres.

En 1812, ne vit-on pas l'immense armée, qui venait d'envahir la Russie, périr inopinément sous les neiges de ce pays lointain ?

En 1813, quel carnage ne vint pas ensanglanter les fertiles campagnes de la Saxe, et faire frissonner d'horreur les sensibles habitans de cette agréable contrée ?

En 1814, la France ne fut-elle pas, à son tour, envahie et inondée d'une légion de phalanges irritées ?

En 1815, des armées plus formidables encore, attirées par un événement unique dans l'histoire, ne vinrent-elles pas faire peser sur nous le poids de nouvelles afflictions ?

En 1816, le ciel, à force de temps contraires, de pluies et de grêle, ne sembla-t-il pas vouloir consommer nos malheurs, et les faire partager à tous les états de la Chrétienté?

Sera-t-il dit que cette suite d'années calamiteuses n'est qu'un effet du hasard, et que l'astre errant que l'on vit les dévancer immédiatement, était loin de les signaler? Je n'ignore pas qu'il est de mode de ne rien voir que de machinal dans l'arrangement des corps planétaires, rien que de fortuit dans la variété des chances de ce monde : je sais qu'il est du bon ton de persiffler avec esprit, avec intelligence, tous ces prétendus sots, qui croient découvrir partout les traces d'une suprême intelligence ; et que tout amour du merveilleux passe pour petitesse d'esprit aux yeux de quiconque n'admire que son propre et merveilleux mérite. Mais si telle est la manière de sentir d'un grand nombre, je me persuade qu'elle n'est pas le partage d'un homme ami de la simplicité, comme vous l'êtes ; vous voudrez bien vous en expliquer avec la candeur inséparable de votre caractère.

RÉPONSE

A LA Iʳᵉ LETTRE.

Eɴ me provoquant sur un point aussi étrange, votre démarche ne serait pas moins indiscrète que vaine, si vous vous proposiez de faire usage de mes raisonne- mens pour essayer de convaincre certaines gens ; l'indiscrétion serait palpable, puis- que, sans le vouloir, vous me compro- mettriez aux yeux de cette multitude savante, qui guette volontiers l'opinion d'autrui pour s'en divertir ; et ne serait- ce pas une tentative inutile, que celle de vouloir dissuader des esprits trop supé- rieurs pour adopter les vues étroites de pitoyables visionnaires ? Cependant il me faut courir ces risques : ne serait-ce que par déférence pour l'amitié dont vous me faites goûter les douceurs.

Je ne suis pas moins frappé que vous à

la vue de ces calamités annuelles et successives, qui commencèrent leur cours l'année
d'après la comète de 1811. Mais dirai-je
comme vous que cet astre en était le signal
et le présage? Les Païens l'auraient cru, eux
qui consultaient les entrailles des victimes
et le vol des oiseaux : les Mahométans le
croiraient aussi, eux qui s'alarment vive-
ment à l'aspect d'une éclipse. Si donc je
descendais à cette faiblesse, quel sujet ne
fournirais-je pas à plusieurs de s'égayer
en des comparaisons qui ne seraient rien
moins que flatteuses pour moi?

D'ailleurs, en attribuant à cette comète un pareil privilége, ne faudrait-il
pas en gratifier toutes les autres? surtout
celle de l'an 400, une des plus terribles,
qui, du haut du ciel, atteignit presque
jusqu'à terre; et celle de 1006, quatre
fois grosse comme Vénus, et qui répandit
des flammes; et celle de 1456, grande et
belle, dont la chevelure s'étendait à
soixante degrés; sans parler des quatre
autres qui parurent en 1529; ni des huit

(15)

que l'on observa en 1618 ; ni de la très-
belle comète de 1680, dont la chevelure
occupait plus du tiers de la partie du ciel
élevée sur l'horizon.

Or, ces comètes, bien aussi extraordinaires que celle de 1811, ne servirent
nullement de présage, puisque l'histoire
ne rapporte rien de remarquable qui
puisse leur être appliqué. D'un autre côté,
l'horrible nuée de feu, qui se balançait
au-dessus de Constantinople, en 396 ; la
peste noire, qui ravagea toutes les contrées de la terre, depuis 1346 jusqu'en
1348 ; et la tempête désastreuse, qui épou-
vanta la France, en janvier de 1613 ; ainsi
que l'affreux dégât causé par des légions
de sauterelles, au mois de mai suivant :
ces calamités n'ont été, qu'on sache, an-
noncées par aucune comète ; non plus que
l'année 1539, si pluvieuse et si malheureuse.

Souffrez que, par parenthèse, et à l'occasion de cette année 1539, j'ajoute que
la Chronique du *Zuinglien Bullinger*,

qui en fait mention, rapporté en même temps que l'été de l'année suivante 1540, fut précoce, durable et fertile en tout : ce qui est confirmé par l'inscription latine, qu'on voit à l'entrée d'une chapelle de Vermezzo, dans le Milanais, et qui porte que l'an M. D. XL. bissextil, l'on fit d'abondantes récoltes en vins et en grains, par un effet de la bonté divine, malgré qu'il n'y eut ni neige ni pluie pendant les six mois qui précédèrent le 8 avril, et malgré l'éclipse presque totale du Soleil, qui eut alors lieu.

Vous avouerai-je que cette éclipse, survenue dans un temps où le luthéranisme menaçait d'éclipser totalement l'épouse de J. C., ne me surprend pas moins que la comète de 1811, laquelle, je le dis sans hésiter, préludait aux désastres que nous avons vus la suivre immédiatement? Mais cet aveu naïf ne va-t-il pas m'attirer des *lazzi*, en donnant occasion de me plaisanter, de ce qu'après avoir ri de la peur des Turcs, j'ajoute foi, comme

eux

eux, au langage des éclipses et des astres?

Je m'empresse donc de parer les coups qui me menacent, et de m'expliquer avec toute la brièveté possible, sans nuire à la clarté.

Certainement les astres, considérés isolément, ne produisent ni signaux, ni présages. Comme le dit le roi David, du ton le plus sublime, le nombre de ces masses suspendues dans les airs, et l'étonnante variété de leurs révolutions, ont principalement pour objet d'attester la toute-puissance et l'infinie sagesse de leur auteur. Les comètes, comme les étoiles et les planètes, apparaissent au haut des cieux, dans leur cours ordinaire et naturel, sans rapport nécessaire avec certains événemens dont l'espèce humaine est passible.

Mais, que sommes-nous de nous-mêmes? et quels motifs n'avons-nous pas de nous défier de notre faible raison? A quelles erreurs ne nous laisserions-nous pas aller, si nous n'avions point la révélation pour phare, et le Dieu de la vérité pour guide? Or, si nous consultons sa parole, nous apprenons que de temps à autre, jusqu'à la fin des siècles, il y aura des signes dans le Soleil, dans la Lune et dans les étoiles, tandis que, sur la terre, de grands maux affligeront les peuples.

Les astres, dont la destinée n'est pas de servir ordinairement de signe, deviennent donc, quand Dieu le veut, des avertisse-mens de ses terribles vengeances. Mais comment connaît-on qu'un astre est, ou était un signe? C'est quand il est accompagné ou suivi de circonstances extraordinaires, et de nature à intéresser les nations. En sorte que tout astre inattendu, qui nous apparaît, sans qu'aucun événement extraordinaire y corresponde ici-bas, ne doit point être réputé signe ou présage. Celui au contraire qui, comme la comète de 1811, est accompagné de faits singulièrement remarquables, ou qui est immédiatement suivi comme elle, de calamités grandes et universelles, ne peut, à cause du respect qui est dû à la parole sainte, ne pas être considéré, ou comme signal de ce qui se passe, ou comme ayant été l'avant-coureur des actes éclatans de la justice vindicative du Très-Haut.

Il me semble que ce peu de réflexions sont propres à vous satisfaire : j'attends que vous me mettiez sur la voie de vous en proposer d'autres.

DEUXIÈME LETTRE.

Je n'ai pas lu sans intérêt les réflexions que vous m'avez transmises. Je sentais, mais vaguement, qu'il y avait plus que du hasard dans des événemens tels que ceux que nous vîmes se succéder, et qui commencèrent immédiatement après l'apparition de la comète de 1811. Maintenant je vois, d'après votre explication, que, malgré qu'aucune des précédentes comètes n'ait jamais servi de signe, celle de 1811 était un véritable avertissement du ciel, et que les maux extrêmes et généralement répandus qui la suivirent d'année en année, ne furent que trop présagés par elle : de même que l'arc-en-ciel, quoiqu'un effet naturel de l'action du Soleil sur les nuages, ne laisse pas d'être une figure parlante, de la part de Dieu, pour nous rappeler que, selon sa promesse, les hommes ne périront plus par les eaux.

En convenant qu'il a paru des comètes, qui ne se sont rapportées à rien de remarquable sur la terre, et qui par-là même n'ont été ni signes ni présages, vous avez en même temps cité des événemens majeurs, auxquels rien d'extraordinaire dans le ciel ne correspondait alors, savoir : la peste noire, etc. Mais ne doit-on pas remarquer que ces calamités étaient envoyées pour punir des désordres nés d'un relâchement de mœurs, et non d'un fonds d'impiété ; que dans ce cas le Seigneur affligeait, sans plus d'éclat, des

enfans livrés à leurs passions, mais qui n'a-
vaient pas encore secoué le joug de sa doc-
trine ; et que, quand il veut sévir contre
un siècle d'impiété, il met dans ses châtimens la plus grande solennité, en les faisant précéder de signaux célestes ? Tels
furent ces météores enflammés qui, semblables à des armées fondant l'une sur
l'autre, parurent dans les airs, éclairèrent
nos nuits et étonnèrent nos regards peu
de temps avant la révolution française ;
telle fut aussi la comète, qui fait spécia-
lement l'objet de notre correspondance
amicale.

Si je fais ces observations, ce n'est pas
que je prétende enchérir sur le développe-
pement de vos idées ; mes remarques, au
contraire, n'ont leur source que dans
vos propres aperçus ; et pour vous prou-
ver combien ceux-ci m'occupent sérieuse-
ment, voici une autre question que je me
permets de vous faire : En établissant que
la comète de 1811 devait être considérée
comme l'avant-coureur des événemens

singulièrement remarquables dont elle a été suivie, n'avez-vous pas insinué qu'elle avait aussi été accompagnée de circonstances extrêmement frappantes, et que, sous ce rapport, elle en était alors le signal ? Je vous prie donc de me communiquer vos idées à cet égard, et de me donner en cela une nouvelle preuve d'obligeance.

RÉPONSE

A LA 2e LETTRE.

VOUS aviez pressenti que six années successives de calamités, à la suite d'une comète, dont l'apparition n'a pas moins surpris l'astronomie que le vulgaire, pouvaient bien avoir eu leur présage dans cet astre, et que Dieu, en offrant mystérieusement au monde ce présage, s'était proposé de le faire suivre, d'année en année, de grandes afflictions, afin qu'à l'aspect d'une aussi frappante prédisposition, le monde conçût la plus haute idée et de l'infinie sagesse de son Dieu, et de la rigueur de ses jugemens.

De mon côté, j'ai cherché à changer en conviction ce pressentiment de votre part. Une discussion de ce genre, qui promenait nos regards sur une longue suite de malheurs, ne pouvait qu'étendre sur nos âmes le sombre de la tristesse, malgré qu'à travers ces traits terribles de vengeance, nous apercevions la main d'un Dieu, la miséricorde même.

Mais le sujet qui va nous occuper, conformément à vos désirs, nous causera de tout autres sensations. Encore qu'il nous retrace un état de choses pénible à rencontrer; cependant, par la nature des images qu'il fera passer sous nos yeux, il ne pourra que nous affecter agréablement. Le brillant de ces images nous disposerait à l'enthousiasme, si c'était le pinceau du

Génie qui se chargeât de les revêtir d'un éclat digne d'elles.

Les Homère, les Sophocle, les Corneille, par la force de leur imagination, ont eu l'art de créer et de peindre des tableaux qui feront l'admiration de tous les siècles. Hé bien! ce qu'ils offrent de plus dramatique, de plus propre à frapper l'âme, ne saurait égaler le spectacle que l'année 1811 a déployé aux yeux de l'Univers.

Lorsqu'un Josué, à la tête de son armée, lève la main, porte son regard dans les cieux, commande au Soleil de s'arrêter, et se voit obéi; qui doute qu'il ne paraisse alors plus grand que ce prince des astres n'est supérieur à ceux-ci? N'est-ce pas là une image d'un effet prodigieux? d'autant plus prodigieux, que ce n'est point ici une conception poétique, et que cet effet résulte de la surprise de voir réellement jaillir d'un simple mortel une étincelle de la puissance divine.

L'orsqu'un Elie, en prière, obtient que

les astres interrompent leur influence accoutumée, et qu'une sécheresse de trois ans et demi désole la terre : lorsqu'ensuite il fait descendre une pluie qui trempe la terre, en même temps que les yeux presque éteints de ses habitans cessent de se mouiller, cette image est-elle moins imposante, moins merveilleuse que la précédente ?

Lorsqu'un Jésus en croix, du sein même de la faiblesse et de l'humiliation la plus inouïe, signale sa divinité par une éclipse centrale, produite en pleine lune ; n'est-ce pas là le plus sublime, le plus frappant de tous les contrastes ? et faut-il s'étonner qu'un centenier présent s'extasie au point de s'écrier : Cet homme est véritablement le fils de Dieu ! Mais ce qui doit ici redoubler l'étonnement, c'est qu'outre le contraste du fait, un contraste non moins divin sorte de la bouche de cet officier.

Voilà des traits que la fiction n'a point créés, et qui, par la nature de leur prodige, surpassent tout ce qu'une tête poétique pourrait jamais inventer de plus surprenant et de plus hardi. De tels faits, où l'on voit le jeu des astres subordonné à l'action de l'homme : de tels faits, dis-je, sont aussi rares que merveilleux. Le maître des cieux ne les fait paraître qu'à de longs intervalles : il s'en sert comme des moyens très-extraordinaires d'éveiller les peuples, de leur rappeler sa puissance, et de leur montrer du doigt le personnage qu'ils devraient consulter avec confiance sur leurs plus chers intérêts. Josuë, Elie, Jésus furent évidemment de ces personnages sur qui la voix des astres appelait l'attention de l'Univers, en les lui désignant comme des oracles à écouter.

Déjà vous avez surpris ma pensée, et vous vous attendez à voir figurer sur la scène ce pontife vénérable, si cher au ciel par la grandeur de sa foi, et si digne des hommages de la terre par l'héroïsme de son courage. Oui, c'est là l'homme de la droite de Dieu, sur qui doivent se fixer les regards des nations. Il n'a pas, comme Josuë, arrêté le cours du Soleil, mais vous allez voir ce que sa prière, semblable à celle d'Elie, a produit de merveilleux; ce que son humiliation, à l'instar de celle du divin maître, a enfanté de prodigieux; et vous conviendrez que le spectacle qu'offre au monde l'humble Pie VII, protégé de son Dieu, n'est pas moins imposant que ceux qui viennent d'être cités, et que ce qu'on y trouve de pathétique surpasse autant les traits les plus frappans d'aucun chef-d'œuvre dramatique, que la puissance divine est au-dessus de celle de la plus féconde imagination.

Je n'essaierai pas de vous réciter comment un jeune officier Corse a su s'élever par degrés, et se placer à la tête de nos vaillantes armées; ni de vous décrire ses progrès aussi rapides qu'imprévus; ni enfin de vous peindre l'éclat gigantesque des exploits qui signalèrent les premières années de son éphémère empire. Cette

tâche appelle la main d'un maître. L'histoire saura prendre un essor convenable,
pour dessiner ce colosse guerrier dans ses
excessives dimensions : je dis excessives,
car nous serions tentés de les attribuer à
la fiction, si nous n'avions été témoins de
leur réalité. Tout en faisant ressortir son
inflexible caractère, sous des couleurs
tranchantes dont la sombre teinte inspire
la terreur, elle ne passera pas sous silence
que, par la vigueur de ses fibres, il
était à l'épreuve des plus grandes fatigues,
comme des revers les plus accablans : ce
qui lui faisait dire, en plein Sénat, après
sa désastreuse défaite en Russie, que son
âme n'était point à briser. Elle établira,
entre lui et son auguste adversaire, un
parallèle calqué avec justesse sur les qua-
lités respectives du lion et de l'agneau.

Oui de l'agneau : et certes, qui ne
sait que ce formidable guerrier, enflé de
ses prodigieux succès, et trop impatient
d'en venir à l'exécution de ses projets,
si vastes selon lui, mais, hélas ! si funes-

tes, résolut enfin d'attaquer l'oint du Seigneur? Qui ne sait avec quelle céleste patience cet autre Pierre se laissa conduire et jeter dans les fers?

Depuis ce forfait sacrilége, plus de deux ans s'étaient écoulés, lorsqu'en 1811, le 17 juin, s'ouvrit à Paris un concile national. Ce jour est remarquable, en ce que le disque du Soleil parut d'un rouge écarlate, vers les sept heures du soir; ce qui dura l'espace d'un quart d'heure. Le temps était serein : de nombreux témoins et moi, nous ne pouvions assez admirer cette ronde et brillante plaque rouge, appliquée sur un magnifique fond d'azur. L'issue du concile ne justifia que trop la vérité de ce présage qui peut-être avait aussi pour objet la guerre de 1812, commencée à la mi-juin. (*Voyez les dates à la fin.*)

N'aurai-je pas l'air d'imiter le langage d'un enthousiaste, si j'atteste ici que le même phénomène s'est reproduit le 15 juin 1814, le propre jour de l'octave de la Fête-

Dieu, et à la même heure? Et n'est-il pas étonnant que l'année d'ensuite, l'effusion de sang ait commencé à la même époque, dans les plaines de la Belgique?

Cependant au mois d'août de 1811, une députation d'évêques, de la part de l'homme en vogue, s'était rendue à Savone. Le 1er, le 2 et le 3 septembre, les députés demandèrent en vain une audience. Le 4, ils insistèrent, et l'audience fut accordée pour le lendemain. Dans le cours de cette célèbre conférence, le souverain pontife, en garde contre les suggestions de la perfidie, se rendit inaccessible aux plus séduisantes insinuations; et, dans un de ces transports suscités par la Providence, s'étant jeté à genoux, il s'écria : *Judica me, Deus, etc.* « Sei-
» gneur, soyez mon juge : prenez en main
» ma défense contre la nation qui n'est
» point sainte; délivrez-moi de l'homme
» trompeur et injuste. » (*Ps.* 42.)

Telle fut alors sa prière, sublime comme le génie de David, fervente comme l'accent de ce roi-prophète, et propre à la circonstance, comme si elle avait été jadis composée pour elle.

C'était là l'oraison habituelle du grand (*) pontife, depuis la triste aurore de ses tribulations. Qu'elle est puissante la prière du juste, et surtout du juste revêtu du suprême sacerdoce, du juste qui tient sur la terre la place du divin auteur du salut! Aussi de quelles étonnantes merveilles ne fut-elle pas suivie! et combien est surprenant le spectacle qui s'offrit au monde, à l'époque de la solennité de cette prière! En effet, tandis que le vicaire de J. C. lève, comme Élie, des mains suppliantes vers le ciel, et qu'il est plongé dans l'humiliation, comme son divin maître le fut sur la croix, qu'aperçoit-on au haut des cieux?

En même temps que deux personnages éminens attirent sur eux les regards de

____

(*) Grand, en ce qu'il allait devenir *aquila rapax*, tandis que son adversaire deviendrait incessamment et pour jamais *aquila ricta*.

l'Univers, et que chacun d'eux se présente au monde étonné dans une situation des plus extraordinaires; puisque l'un parvenu comme par enchantement au faîte des grandeurs, abusait de son incomparable puissance pour persécuter l'autre; et que celui-ci, vexé et opprimé, gémissait dans les fers, quoique successeur de pontifes souverains qui, depuis nombre de siècles, avaient constamment illustré leur siége, et même servi d'appui aux trônes de plusieurs potentats ; en même temps paraît au haut des cieux un astre extraordinaire, afin que, sous ce rapport, le ciel se trouve en harmonie avec la terre. Ce phénomène céleste n'exerça pas, sur l'attention des peuples, une vertu moins attractive que les deux phénomènes d'ici-bas, dont l'un appelait tous les regards sur le plus renommé des palais, et l'autre les ramenait sur l'humiliante retraite de Savone.

Or cet astre, alors dans son périhélie, ne coïncidait-il que par hasard avec des

circonstances aussi inouïes? Ce serait
certes le plus merveilleux des hasards.
Mais dans ce cas même, cette corrélation
fortuite n'aurait-elle pas encore, aux
yeux des amis du fatalisme, de quoi les
frapper et leur faire spontanément exalter
les étonnantes combinaisons d'une puissance aveugle? En effet, il est naturel à
l'homme, à la vue d'un prodige, ou même
d'une apparence de prodige, de porter
son esprit dans l'espace, pour y chercher
par instinct la cause première de ce qui
le surprend. O enfans du hasard! quoi
que vous puissiez dire, c'est-là le premier
mouvement que vous éprouvez à la vue
de toute combinaison mystérieuse : espèce de combinaisons multipliée à l'infini.
Eh! où ne trouvez-vous pas des mystères,
des prodiges? Depuis l'humble pensée des
jardins, jusqu'à la prunelle des yeux ;
depuis le ver luisant, jusqu'à l'errante
comète, tout n'excède-t-il pas la portée
de votre conception? et n'est-ce pas en
vain que vous tentez l'impossible pour

scruter d'aussi impénétrables profondeurs ? Vous le tentez néanmoins : vers quoi vous élancez-vous donc ainsi ? Est-ce une chimère que vous poursuivez ? Non, direz-vous : nous ne voudrions pas encourir ce ridicule. Mais quoi ! n'est-ce pas une chimère que vous poursuivez, puisque vous appelez caprices du hasard les incompréhensibles secrets de la nature, et que le hasard n'est jamais qu'une chimère ? Voyez donc comme vous tombez en contradiction avec vous-mêmes. C'est ainsi que l'inspiration du sentiment se plaît à démentir les calculs d'une raison qui s'égare.

On vous devine : ce que vous ne voulez pas attribuer à une intelligence suprême, vous l'attribuez au hasard. Pourquoi ? C'est qu'en admettant une intelligence supérieure à celle qui fait vibrer en vous la glande pinéale, il vous faudrait en dépendre, à la honte du petit orgueil ; il vous faudrait en exécuter les ordres, au préjudice d'attrayantes passions ; et cela serait trop humiliant et tout à la fois trop pénible.

Cependant cette intelligence, dont vous êtes si fiers, de qui la tenez-vous? Oseriez-vous dire du hasard? Ah! si vous l'osiez, vous serait-il possible de vous comprendre vous-mêmes? Quoi! le hasard, cette chimère par vous imaginée en haine de la suprême intelligence, produirait en vous l'intelligence! Voyez quel cahos d'idées! Pour votre honneur, saisissez enfin le fil qui doit vous tirer de ce labyrinthe : accrochez-vous au premier de tous les anneaux, et ce contact, non moins prompt que celui d'un conducteur électrique, ennoblira votre propre intelligence, en la pénétrant du sentiment de sa céleste origine. Alors vous tomberez aux pieds de l'être invisible, auteur suprême de tous les mystères dont se compose la nature, et vous le reconnaîtrez en même temps comme l'incompréhensible modérateur de tout ce qui se passe sur la terre et dans les airs; vous ne verrez dans tout ce qui existe que des vestiges de son immense sagesse; et vous admirerez avec moi le langage qu'il a fait tenir à l'astre inattendu qui est venu éclairer notre horizon, par un effet de la prière du premier pontife des Chrétiens.

Après cette courte apostrophe à des hommes qui mettent partout le hasard à la place de Dieu, tandis que tout n'est qu'intelligence autour et au-dessus d'eux, je reviens à vous, digne ami, et je m'empresse de vous faire entendre le langage que tenait la comète de 1811 ; langage hiéroglyphique et en traits de feu qui étincelaient aux yeux de l'Univers. Voici donc ce qu'elle semblait dire :

Mortels qui me contemplez ! n'allez pas me payer le tribut d'une admiration stérile, comme on a pu faire à l'égard de toutes les comètes qui jusqu'ici m'ont précédée. Celles - ci n'ayant nullement été, autant qu'on s'en souvienne, coordonnées à des événemens humains d'un intérêt général, ne doivent être envisagées qu'en elles - mêmes, et comme de nouveaux et successifs témoins de l'immensité de la puissance divine. Je sors, moi, de cette ligne commune de témoignages; ma marche a été calculée par le grand être, à l'effet de donner, plus fortement qu'aucune autre, l'éveil à la multitude des peuples de la terre : et parce que mon apparition se lie à deux grands phénomènes politiques, qui tiennent attentives toutes les nations, ne vous bornez pas à me regarder dans un état d'isolement, mais voyez les circonstances où je figure, et réfléchissez.

Voyez d'un côté ce pontife humilié comme saint Pierre l'était jadis dans les chaînes de sa prison. Alors ce fut à la prière de ce premier des apôtres, non moins qu'à celle de l'église naissante, qu'un ange descendit du ciel et rendit le saint confesseur à ses frères. Aujourd'hui la prière du grand pontife, unie à celle de la grande église, est de même exaucée, quoique d'une manière différente : autre temps, autre moyen. Au lieu d'un ange, le Dieu des astres se sert de mes rayons;

il me charge d'annoncer à tout son peuple, et particulièrement à son digne vicaire, qu'enfin il va faire éclater sa justice dont la *balance* est la fidèle image; il me charge de figurer, dans l'accroissement et le déclin de mon éclat, la destinée de cet homme extraordinaire que, d'un autre côté, vous voyez au comble de la gloire. De même donc qu'à ce moment je suis dans le fort de ma splendeur, et qu'insensiblement je la verrai décroître : de même, ce géant superbe, dont l'éclat éblouit tous les peuples consternés, verra insensiblement sa puissance s'affaiblir, sa gloire se ternir, et sa personne même s'ensevelir dans les ombres de l'oubli.

Tel fut le langage muet de l'astre que le doigt de Dieu faisait à dessein coïncider avec ce qui se passait d'inouï sur la terre. N'était-ce donc pas là un spectacle du dernier intérêt? et ne doit-on pas le mettre au rang des merveilles les plus surprenantes que puisse produire l'infinie sagesse d'un Dieu à qui rien n'échappe, et qui se joue des frivoles desseins des hommes?

~~~~~~~~~~~~~~~~~~~~~~~~~~~~

TROISIÈME LETTRE.

———

Puisque les quatre années qui suivirent l'époque de la comète, furent si fameuses par la nature de leurs événemens, et que la cinquième et la sixième nous firent éprouver d'extrêmes calamités, par suite d'un funeste dérangement de saisons ; qui pourrait s'empêcher de croire que cet astre n'a pas paru sans dessein, et qu'assurément il était, dans les vues de la Providence, l'avant - coureur de tant d'excessives afflictions? Mais l'étonnement redouble, la conviction se renforce, quand, à vous entendre, on découvre avec quelle précision cet astre correspondait avec la situation respective et si diverse des deux personnages les plus remarquables de ce temps.
~~~~~~~~~~~~~~~~~~~~~~~~~~~~

Nous ne pouvons trop déplorer qu'il y ait des hommes assez aveuglés, pour ne pas apercevoir, dans l'ensemble de si extraordinaires occurrences, les traces profondes d'un adorable dessein de sagesse.

Le sublime auteur du livre de Job faisait de sa vaste science un usage tout différent. Le spectacle des étoiles du firmament était à ses yeux une image, tantôt prophétique, et tantôt commémorative : prophétique, pour les temps avant J. C. : commémorative, depuis J. C. jusqu'à la fin ; car ce sauveur à venir lui était assez clairement connu (*Job. ch.* 19, *v.* 25).

Puisque saint Grégoire-le-Grand s'est exercé sur cette image astronomique, et qu'il a essayé de donner le mot de cette énigme, qu'il me soit permis à son exemple d'exposer ici l'idée que je m'en suis formée. J'oserai le tenter succinctement, sauf erreur en fait d'astronomie.

Si donc, entre les neuf et dix heures d'une belle nuit d'été, et surtout pendant la canicule, l'on se tourne vers l'orient:

en

en levant les yeux au-dessus de l'horizon,
et en les portant du nord au midi, on
aperçoit, en ligne presque droite, une
suite d'étoiles de moyenne grandeur, entre la brillante étoile du Cocher, au nord,
et celle du Dauphin, au midi : cette ligne
se nomme pléiadique, parce que, sur six
étoiles au moins qui la composent, on en
compte quatre de la constellation des
Pléiades (*Job. ch.* 38, *v.* 31). *Voyez la
note à la fin.*

En deçà de cette ligne, on voit au Zénith, trois grandes étoiles, formant un
triangle isocèle qui embrasse cette partie
de la voie lactée, et dont la grande Aigle
fait la pointe : au nord-est on voit la
grande Ourse (*Arctos*), constellation de
sept étoiles majeures disposées en chariot:
enfin, en avant et à une distance notable
du Timon, l'on voit la très-belle étoile du
Boote, nommée Arcture. Tel est, en y
comprenant la planète de Vénus au midi,
le brillant cortège des étoiles du soir
(*Gyrus arcturi*). *Job. ch.* 38, *v.* 31.

4

A mesure que la ligne pléiadique se porte vers l'occident, à mesure aussi paraît l'éblouissant cortège des étoiles du matin (*Oriona. Job. ch.* 9, *v.* 9); cortège, où l'on distingue entre autres la grande constellation d'Orion et la grande étoile Sirius.

Or, si tous les astres et surtout ceux du matin rendent gloire à Dieu (*Job. ch.* 38, *v.* 7), c'est principalement, ainsi que je le pense, à cause de leur admirable agencement; vu que les uns, comme le triangle arctique, figurent la Trinité; que d'autres, comme le Chariot céleste, figurent les sept moyens de salut, dont la source est la croix : tandis que les étoiles du matin étalent à nos regards étonnés la grande et belle Croix du sud, que le savant M. de Humboldt vient de préconiser dans la relation de sa traversée pour l'Amérique, et dont les divers accessoires fournissent une abondante matière à la méditation du Chrétien. Il est à remarquer qu'au nombre de ces accessoires, l'on admire particulièrement la magnifique

planète de Vénus (*Lucifer. Vesper. Job.
ch.* 38, *v.* 32), et que l'église a toujours
envisagé cette charmante étoile du matin
et du soir, comme la figure de J. C. (Voyez
l'*Exultet* du Samedi-saint).

Mais, laissant à d'autres le soin d'am-
plifier et de colorier cette esquisse, je ne
puis que m'écrier : Que veulent donc ces
inconséquens avec leur chimérique hasard qui n'explique rien, et qui désen-
chante la nature, en la dépouillant du
charme que répandent sur elle les subli-
mes conceptions d'une mystérieuse intelligence ? Les enfans de la Providence sont
bien autrement avisés ; ils recueillent de
leur religieuse simplicité les fruits les plus
doux.

Voyant la Providence agir partout en
mère attentive et bienfaisante, ils rendent
facilement raison de tout, en même temps
qu'ils reconnaissent tenir d'elle les ri-
chesses que la nature fait foisonner pour
eux de toutes parts. Et même, quand elle se
montre sévère, ils se persuadent, soutenus

par l'espérance, que sa main qui les frappe
est toujours prête à accueillir leur retour.
Aperçoivent-ils cette divine Providence
enveloppée de mystères ? ils se plongent
sur ses traces dans les abîmes de l'infini,
où leur pensée voltigeant de prodiges en
prodiges, fait ses délices de tant de merveilles, elle s'en repaît comme d'illusions
ravissantes; elle s'y berce, comme le zé-
phir dans de suaves vapeurs, jusqu'à ce
qu'étant admise dans le sein de son Dieu,
elle cesse de le voir en énigme, pour le
contempler face à face.

C'est dans cet esprit qu'adoptant votre
manière de voir, et que m'appuyant sur
la parole de mon sauveur, qui déclare
que d'ici à la fin du monde, il y aura des
signes; c'est, dis-je, dans cet esprit que
j'aime à me représenter l'admirable Providence lançant, de sa main divine, une
comète dans l'espace, et la faisant briller
à tous les regards au moment où de si
grands intérêts agitent toutes les nations,
et où cet astre doit surtout faire époque,

à cause des années sanglantes et calamiteuses qui l'auront immédiatement suivi.
Oui, j'éprouve un plaisir indicible d'offrir à mon imagination un sujet de cette
importance, et de me perdre avec attrait
dans les combinaisons divines et si inté-
ressantes où vous venez de m'initier.

Au reste, ma foi se félicite d'autant plus
de rencontrer ce signe, que l'on compte
quinze siècles depuis la croix miraculeuse
de Constantin, et qu'un laps de temps
aussi considérable semblait demander
qu'enfin il parût un signe, pour ranimer la
foi, de nos jours singulièrement affaiblie.

Vous voyez par-là que je cherche à
ancrer de plus en plus en moi la persuasion que vous y avez établie. Mais un mot
de votre dernière lettre excite mon attention : en parlant de la justice divine,
vous ajoutez : *dont la balance est la fidèle
image*. Rien de plus vrai, puisque, selon
Job, les jugemens du Seigneur sont pesés
à la balance, et que le terrible chapitre
cinq d'Ézéchiel donne le détail des maux

que le Seigneur fera souffrir à son peuple, après les avoir pesés dans la balance de sa justice.

Mais n'auriez-vous pas eu particulièrement en vue, ou cette balance dont parle le chapitre cinq de Daniel, à l'occasion du mot *Thecel*, ou celle dont fait mention le chapitre six de l'Apocalypse ? Vous voyez mon désir : je ne doute pas de votre empressement à y répondre.

~~~~~~~~~~~~~~~~~~

RÉPONSE

A LA 3ᵉ LETTRE.

EN vérité, vous me proposez des questions si étranges et tellement propres à me faire couvrir d'une teinte de ridicule que, si j'ignorais combien sont pures vos intentions, je serais tenté de vous supposer le malin désir de m'attirer des contradictions et de m'exposer aux sarcasmes d'une foule de doctes plaisans. Déjà vous
~~~~~~~~~~~~~~~~~~

m'avez engagé à la singulière entreprise d'établir (ce qui paraît fantastique) les rapports de plusieurs années désastreuses avec une comète. A présent, vous m'amenez à me faire parler de l'Apocalypse, de ce livre rempli de figures inextricables, de ce livre enveloppé d'une telle obscurité, que quiconque jusqu'ici a voulu soulever un coin du voile, n'a rien avancé de satisfaisant.

Et certes, ce n'est pas faute de talent, ni même de génie que plusieurs ont échoué dans cette partie. Sans parler du père Tirin, qui a commenté ce livre d'après les auteurs les plus distingués connus jusqu'alors; ni du pieux de Lachétardie qui depuis en a donné une explication, ainsi que le père Amelotte; ni du vertueux Walmesley qui, au milieu du dernier siècle, publia une Histoire de l'Eglise, tirée de l'Apocalypse, et sur laquelle Etienne Baudoin a fait des remarques dans son Essai sur l'Apocalypse; ni enfin de l'auteur d'un ouvrage récent, intitulé :

Les Précurseurs de l'Antechrist, ouvrage qui n'a pas mieux réussi que celui d'Aubert de Versé à découvrir la clef du livre prophétique de saint-Jean : sans parler, dis-je, de ces divers auteurs, n'avons-nous pas le grand Newton qui s'est essayé à pure perte sur ce livre, devenu l'objet de son admiration? Et le célèbre Bossuet, si justement comparé à l'aigle par la force et l'élévation de son génie, n'a-t-il pas entrepris une Explication de l'Apocalypse, après en avoir fait un magnifique éloge? Mais il n'a pas présumé de ses forces : il eut la circonspecte modestie de déclarer qu'il ne prétendait pas dissiper les ténèbres ; mais seulement les diminuer. Son principe d'ailleurs était qu'il faut, *pour ainsi dire*, être tout-à-fait hors des événemens, pour en faire l'application aux passages de saint Jean, qui pourraient s'y rapporter.

Et vous voudriez que, moi misérable nain sans érudition, sans talent, j'allasse sur les brisées de savans aussi recommandables!

Il est vrai qu'en vous marquant que la balance est la fidèle image de la justice divine, j'empruntais ce mot du sixième chapitre de l'Apocalypse, et que même, selon ma manière de voir, je pense que le passage où il se trouve, est relatif à ce temps-ci ; mais vouloir que je vous développasse ma pensée, ce serait m'engager à une tentative téméraire. Comment pourrais-je m'énoncer avec succès ? Cependant peut-on rien refuser à un ami ? Ainsi donc, sans prétendre parler doctement ou avec suffisance à ceux auxquels vous communiquerez mes aperçus, je vais, avec ma simplicité ordinaire, vous en offrir le maigre exposé.

Je dois tenir et je tiens au principe du grand Bossuet, que je viens de rapporter. D'après ce principe, je n'appliquerai à ce qui est figuré au troisième sceau, que des événemens, *pour ainsi dire*, tout-à-fait consommés. Je n'irai pas non plus faire d'application à aucun sceau, s'il n'est prouvé que les précédens sont accomplis.

Comment, par exemple, entreprendre l'explication du septième sceau, ainsi que plusieurs ont eu la maladresse de le tenter, tandis qu'aucun événement connu ne peut raisonnablement s'y rapporter, et que d'ailleurs ce qui est tracé au sixième sceau n'a point encore épouvanté la terre? Car est-il arrivé depuis J. C. un tremblement de terre universel, semblable à celui qui est décrit au sixième sceau? Tremblement tel que toutes les montagnes et les îles seront ébranlées de leur place; que dans cette secousse épouvantable, le Soleil paraîtra noir comme un sac de poil, et la Lune rouge comme du sang, et que les étoiles paraîtront tomber sur la terre, par l'effet des terribles oscillations qu'elle éprouvera.

Si d'autres ont anticipé sur les temps, c'est d'après de fausses données. Gardons-nous de forger des systèmes dont les bases seraient purement imaginaires, et qui n'auraient d'autre effet que d'éblouir un instant par un faux éclat de jeux d'es-

prit. Des faits, mais des faits singulièrement remarquables et d'un intérêt général , voilà uniquement ce qu'on a droit
d'appliquer aux visions mystérieuses de
saint Jean, pourvu toutefois que ces figures y répondent avec évidence.

Quand j'avance que ce qui s'est passé
de nos jours est figuré au troisième sceau,
je ne crains pas de m'être mépris sur le
genre de ces événemens. Certes, ils offrent
ces caractères de grandeur et d'univer-
salité requis pour qu'ils soient susceptibles
de rapport avec les figures de l'Apocalypse. Il reste donc à se convaincre que
ces faits s'adaptent évidemment et incon-
testablement aux figures du troisième
sceau. Mais avant d'en venir à cette dé-
monstration, il convient de faire voir
que les deux premiers sceaux sont indu-
bitablement accomplis.

ACCOMPLISSEMENT DU Ier SCEAU.

Une époque des plus mémorables de

l'histoire de l'église, est sans contredit celle de la conversion de l'empereur Constantin. Depuis trois siècles, l'église était dans un état continuel de persécution. Néanmoins elle se soutenait, elle s'agrandissait : le bras seul de son divin auteur lui servait d'appui et de force. Mais le temps était venu qu'outre ces secours aussi puissans qu'invisibles, elle devait en recevoir de sensibles des princes de la terre.

Il arriva donc que Constantin, étant à la tête de son armée, et sur le point de livrer une bataille à Maxence, vit, ainsi que toutes ses phalanges, une croix lumineuse au-dessus du soleil, avec cette inscription : *In hoc signo vinces* : Vous VAINCREZ PAR CE SIGNE. Une faveur de cette nature, suivie d'une victoire décisive, devait déterminer la conversion de ce prince : elle obtint ce résultat.

On voit que cette conversion entrait éminemment dans les vues de Dieu, puisqu'il la décida à l'aide d'un miracle des plus éclatans. Or, un fait de cette impor- tance, et qui devait tant influer sur les destinées de l'église, serait-il indigne d'avoir été prévu et figuré par le prophète saint Jean? nul doute à cet égard. En effet, que voit-on dans la figure du pre- mier sceau? Un cheval, un arc, une cou- ronne. Il s'agit donc ici d'un guerrier couronné. Mais quand on voit de plus que ces mots: *Exivit vincens ut vinceret :* IL PARTIT EN VAINQUEUR POUR VAINCRE : ont un rapport si marqué avec le mot *vinces* du signe de Constantin ; quand on voit que la répétition des mots (*vinces ut vinceret*) n'a uniquement pour but que de mieux signaler cette allusion ; quand enfin on voit que la couleur blan- che du cheval indique et la nature gaie du sceau, et la favorable disposition du guerrier envers la religion ; que faut-il de plus pour opérer une conviction en- tière, et nous jeter dans l'admiration ; surtout quand nous voyons avec quelle exactitude ce qui concernait la conversion de Constantin a été prévu, décrit et ensuite accompli? Qu'a-t-on de raisonnable à opposer, alors que la figure peint un événement, et que cet événement répond si naturellement à la figure? L'accomplissement du premier sceau est donc hors de doute. Ce qui est pour tous les Chrétiens un garant infaillible que toute la suite de la prophétie de saint Jean se réalisera de siècle en siècle.

ACCOMPLISSEMENT DU 2ᵉ SCEAU.

Ici le cheval est roux : sa couleur est sinistre. Le guerrier qui le monte sera donc funeste à la religion du Christ. Mais les marques frappantes qui devront le faire connaître, quelles sont-elles? Les voici :

1° Il aura le fatal pouvoir d'enlever la paix de dessus la terre.

Ce qui désigne des troubles universels, mais d'un genre extraordinaire, et qui, par leur durée, méritaient d'être l'objet d'une prédiction.

(55)

2° Il aura le fatal pouvoir de faire QU'ILS S'ENTRE-TUENT : (*se interficiant*, sans nominatif exprimé.)

Ce qui donne à la pensée beaucoup d'extension.

3° Il lui sera donné une grande épée.

Ce qui indique positivement la longue durée de ces troubles et de ces guerres épouvantables.

Cherchons maintenant dans l'histoire quelqu'un à qui seul ces traits marquans puissent convenir.

Ce doit être celui qui, parmi les guerriers les plus renommés, aura le plus nui à la religion, depuis l'époque de Constantin. Ce doit être celui qui, vu la longueur de l'épée, aura enlevé la paix de dessus la terre pendant un plus long espace de temps, et qui aura occasionné le plus de guerres pour l'avenir.

A qui ces traits peuvent-ils mieux convenir qu'à Mahomet? lui qui, comme un sanglier furieux, a ravagé la vigne du Seigneur; lui qui, plus que tout autre, s'est acquis une odieuse célébrité, trop propre, hélas! à caractériser une époque à jamais déplorable; lui, qui a suscité contre le christianisme une nouvelle race de fanatiques, dont la férocité a long-temps après lui fomenté, attisé des guerres toujours plus sanglantes, toujours plus atroces. Peut-on sans horreur suivre les dégoûtans progrès du mahométisme, lire le récit des cruelles expéditions des six croisades qui ensanglantèrent plusieurs siècles, parcourir les détails de la prise de Constantinople, en un mot, nombrer ces millions de victimes que l'Alcoran n'a cessé de sacrifier pendant onze siècles? Car à peine y a-t-il un siècle que le fameux prince Eugène a pour jamais abattu la puissance Turque. Le long règne de cette monstrueuse puissance pouvait-il être mieux figuré que par la longue épée mise entre les mains de Mahomet? Enfin ne voit-on pas clairement que le second sceau ne peut mieux se rapporter qu'à l'époque du sanguinaire auteur de l'Islamisme, et aux exécrables suites de son triomphe?

ACCOMPLISSEMENT DU 3ᵉ SCFAU.

Lá longue épée de Mahomet annonçait
que l'intervalle du second au troisième
sceau serait d'une étendue considérable.
Ne soyons donc pas surpris que jusqu'à l'é-
poque de la révolution Française, il ne se
soit rien passé qui pût s'appliquer aux
expressions du troisième sceau. Et spécia-
lement depuis l'affaiblissement de la puissance Turque, jusqu'au barbare supplice
du roi-martyr, pourrait-on citer un guerrier extraordinairement fameux qui, rempli de desseins noirs comme la couleur du
cheval figuré, ait été le persécuteur du
Christ, l'instrument, ensuite le témoin
d'afflictions universelles, dont la justice
divine, figurée par la balance, devait enfin
accabler les peuples pour leurs iniquités ?

Mais puisque, tout en glissant ici le mot
balance, je vous ai insinué ce à quoi il
pourrait bien s'appliquer, et que cette
lettre n'est déjà que trop longue, je vous

laisse le temps de respirer, et de faire éclore de votre bon sens des réflexions judicieuses et édifiantes.

~~~~~~~~~~~~~~~~~~~~~

QUATRIÈME LETTRE.

———

VOUS m'avez vous-même édifié : et comment ne pas être pénétré de confiance et d'amour envers la Providence, quand on voit les prophéties s'accomplir successivement jusqu'au moindre trait, et quand on découvre que des événemens tels que la conversion de Constantin et l'irruption volcanique de l'Alcoran, ont une conformité si surprenante avec les figures sous lesquelles le disciple bien-aimé les avait tracés plusieurs siècles auparavant?

Je ne vois pas sans admiration que le prophète a saisi, parmi le grand nombre de faits arrivés dans une durée de dix-huit siècles, précisément ceux auxquels il appartenait le plus de faire époque. Par-là,
~~~~~~~~~~~~~~~~~~~~~

ces dix-huit siècles se partagent en trois périodes : la première, de trois siècles, depuis J. C. jusqu'à Constantin ; la seconde, aussi de trois siècles, depuis Constantin jusqu'à Mahomet ; et la troisième, de douze siècles, depuis Mahomet jusqu'à......; le dirai-je ?.... faut-il vous prévenir ? car je vous ai compris.... Oui, je tranche le mot,—jusqu'à Napoléon (*).

On pourrait objecter que, dans cette période de douze siècles, il s'est élevé un personnage fameux, lequel a porté à la vraie religion des coups dont elle gémira long-temps encore. Mais, quoique Martin Luther ne se soit que trop fait une célébrité aussi déplorable, il n'entrait pas dans les desseins de Dieu de le faire figurer par son prophète ; puisqu'en premier lieu, l'homme figuré après Mahomet devait être un guerrier, et que Luther ne

---

(*) Ce surnom, nouveau dans l'histoire, dérive du mot *Neopolis*, nom d'un saint martyr, et qui se trouve ici défiguré en *Bonne Partie*.

le serait pas ; et puisqu'en outre ce nova-
teur ne devait que préluder, comme effec-
tivement il préluda à l'époque suivante,
quoique postérieure à lui de près de trois
siècles.

 Je dis qu'il préluda à l'époque où nous
sommes, car l'époque actuelle est un siècle
d'impiété : témoin ce deluge de livres
antireligieux, qui inonde tous les pays,
et qui prouve la pente générale des esprits
aux idées hardies et licencieuses. Or l'impiété, ce chef-d'œuvre de l'enfer, ne s'éta-
blit qu'à force de ménagemens. Ce monstre
est si hideux qu'il n'oserait se produire tout
à coup dans toute sa nudité : sa vue alors
répandrait une alarme universelle qui
l'obligerait à la fuite. Il doit donc user
d'artifices, et comme il ne marche qu'ap-
puyé sur l'ange de ténèbres, celui-ci, en
guide habile et plein d'astuce, sait mettre
en jeu tous les ressorts pour amener, avec
le secours du temps, le triomphe du
monstre. Un de ces ressorts est l'hérésie,
et c'est d'elle que le père du mensonge

s'est servi pour disposer les cœurs à l'impiété. Il a donc choisi la plus séduisante
de toutes les erreurs ; il l'a placée sur les
lèvres de Luther et de Calvin, et de-là il
l'a semée dans diverses contrées, où elle
a germé et fructifié avec le temps, jusqu'à
ce que le sceptique Bayle, secondant le
plus infâme des desseins, eut l'art de
rendre cette idole plus légère et plus
svelte ; et que l'ingénieux Voltaire, non
moins puissant que Prométhée, en fit la
plus attrayante des déesses, sous le nom
de philosophie surnommée impiété.

N'est-il pas évident, d'après cette ti-
rade, que Luther fut le premier artisan
du grand œuvre, et qu'ainsi il préludait
à l'époque qui se préparait avec lenteur.

Mais c'est aussi avec lenteur que vous
aimez à contrarier mon impatience. Quoique j'aie entrevu le but où tendent les
efforts de votre pénétration, cependant
je suis tourmenté du désir de vous entendre continuer le développement de vos
aperçus. Veuillez donc céder à mon

empressement, et me dévoiler ce que l'homme à la balance promet de mystérieux.

Déjà je soupçonne ce qu'il y a de commun entre ce guerrier figuré et le roi Balthasar; comme celui-ci, il a une balance pour avertissement; comme lui, sa sentence est portée, parce qu'il a été trouvé trop léger; comme lui, il doit recevoir d'humbles remontrances d'un autre Daniel; et comme lui, il doit ordonner que ce second Daniel s'en retourne paré des insignes de la grandeur. Je pourrais encore offrir plusieurs autres rapprochemens; mais je les abandonne à la sagacité des curieux.

Je me doute aussi que le porte-balance n'aura pas peu de ressemblance avec le roi Antiochus, dont il est dit : « Celui qui, s'élevant par son orgueil au-dessus de la condition de l'homme, s'était flatté de pouvoir même commander aux flots de la mer, et peser dans une *balance* les montagnes les plus hautes, se trouva alors humilié jusqu'en terre, attestant par là la toute-puissance de Dieu, qui éclatait en sa propre personne. »

Je m'attends donc à vous voir établir la justesse de ces traits de comparaison.

RÉPONSE
A LA 4ᵉ LETTRE.

Vous entrez fort bien dans ma manière d'envisager les rapports des événemens de nos jours avec les expressions du troisième sceau, et voyant comme vous en parlez avec pénétration, je me persuade que vous pourriez vous-même, en adroit anatomiste, démêler ce plexus. C'est dommage qu'à travers un tissu d'excellentes vues, vous ayez fait percer un léger reproche, que vous savez n'être pas fondé. Ne pourrait-on pas prêter à cette plaisanterie les couleurs d'une pointe, et la trouver très-déplacée dans un sujet qui ne supporte que le ton de la gravité ? Mais crainte de donner moi-même dans cet écueil, je me hâte de ressaisir le fil de notre intéressant entretien.

En remarquant que le porte-balance devait finir par traiter honorablement un autre Daniel, vous aviez sûrement présente à l'esprit cette galanterie de Napoléon, par laquelle, certain que ses états allaient être envahis par toutes les puissances de l'Europe, il fit rendre, au commencement de 1814, la liberté au souverain pontife, et le fit escorter jusqu'à sa rentrée dans les domaines de sa souveraineté.

Mais, à l'occasion de cette mémorable délivrance, remarquez encore, je vous prie, un de ces traits de la Providence, qui doit passer pour une merveille inouïe, et qu'il convient de célébrer d'âge en âge. Cette délivrance, ordonnée de la part de Napoléon, a déjà de quoi nous étonner ; mais la merveille consiste surtout en ce que le Seigneur s'est servi de ceux-là mêmes qui méconnaissent la primauté

du

du pontife , pour le tirer de ses fers. Oui, il s'est servi des Grecs non-unis et des enfans de Luther, qui, comme on le sait , nourrissent une prévention invétérée contre l'antique siége de saint Pierre.

Cette fois donc on les voit agir contre leurs propres inclinations : ils accourent, et font tomber, comme à leur insçu , les fers des mains du vicaire de J. C. , ainsi que déjà, quatorze ans auparavant, leur passagère incursion en Italie avait inopinément facilité sa promotion à la papauté. N'était-ce donc pas alors une puissance invisible qui les poussait où ils n'eussent pas voulu aller? qui les envoyait au secours de son protégé, comme autrefois la même puissance envoya un ange arracher saint Pierre de sa prison? La merveille est la même, quoique opérée d'une manière différente. Si la médiation d'un ange est miraculeuse, celle de semblables auxiliaires est tout-à-fait merveilleuse. Elle suppose, de la part de Dieu, une coaction secrète et possible à lui seul.

6

Mais ici, ne doit-on pas dire qu'en permettant jadis le schisme des uns et l'hérésie des autres, son intention était de
les tenir tous en réserve, pour en faire
un jour les instrumens forcés de sa puissance, et manifester par là combien, tout
en se jouant des ennemis de l'unité, il
veille aux intérêts de la pierre angulaire
de son église, et combien tous les peuples
de la terre devraient être pénétrés de vé-
nération pour un siége que le ciel appuie
si ostensiblement ? Peuples de toute lan-
gue, telle est la leçon que le Seigneur vous
a faite de la manière la plus solennelle :
profitez - en : ou sinon, cette leçon fera
pendant l'éternité l'épouvantable sujet
de votre désespoir. Alors, mais trop tard,
vous serez convaincus que Dieu avait
surtout combiné les grands événemens de
la présente époque, pour donner au
monde cette grande leçon.

Ces hommes donc, préoccupés d'une
forte antipathie pour le saint siége,
étaient tenus comme en réserve, puisque,

d'après les incompréhensibles desseins du Très-Haut, il les fallait pour une merveille de cette nature. Mais ne fallait-il pas aussi, à cette fin, qu'il parût sur la scène du monde un homme assez audacieux pour oser porter la main sur l'oint du Seigneur? Hé bien! nous l'avons trouvé dans ce guerrier si célèbre, qui a remué les deux mondes. Il a débuté par appeler le pontife de Dieu, la vieille idole; il eut ensuite la sacrilège hardiesse de lui faire endurer une captivité de cinq ans.

Voilà l'époque singulièrement extraordinaire, prévue par saint Jean, et figurée au troisième sceau. Epoque où la justice de Dieu devait éclater d'une force à n'en jamais laisser perdre le souvenir. Epoque d'une justice complète, d'une justice annoncée depuis dix-sept siècles, sous le symbole d'une balance.

Et certes, ne l'avons-nous pas vue et ne la voyons-nous pas encore s'accomplir cette justice universelle? Déjà elle s'exerçait dans le cours des triomphes de

Napoléon. Car n'était-il pas envoyé contre les nations de l'Europe, comme une verge indestructible, pour les punir de leurs prévarications et du dépérissement de leur foi? N'a-t-il pas même pénétré jusque dans les sables brûlans de l'Egypte, où sa présence semblait avertir les infidèles disséminés dans tout l'Orient, que la justice de Dieu saura tôt ou tard les atteindre à leur tour? Mais de quoi ne s'est pas avisé ce jeune conquérant pendant son séjour chez les enfans de Mahomet? Ne s'est-il pas permis de s'afficher comme admirateur de l'Alcoran? Ce rôle, joué non loin du tombeau du premier Antechrist figuré, n'est pas, comme on pourrait le croire, une aventure assez indifférente : il donne matière à de profondes réflexions. Ce singulier rôle entrait dans les vues secrètes de la justice divine, en ce qu'il servait à merveille à faire remarquer son auteur, à lui donner du relief au moyen d'un rapprochement aussi piquant, et à faire dès lors percer le secret de sa destinée. Ce rôle était en outre un trait de caractère : il offrait déjà un échantillon de cette noirceur d'âme, si bien figurée au troisième sceau par la couleur du cheval.

La justice divine s'est ensuite exercée en faveur de l'illustre Pie VII, de la manière que nous l'avons vu plus haut. En même temps, elle sévissait contre Napoléon lui-même. Un an juste après la comète, la colère de Dieu, selon l'expression de l'empereur Alexandre, la colère de Dieu l'avait déjà vaincu dans le fond de la Russie. On sent que cet aveu, de la part d'un personnage aussi marquant, d'un prince aussi renommé par sa magnanimité, n'est pas ici sans mystère, et que Dieu se servait d'un tel organe pour notifier avec la plus grande solennité, que le temps de la justice figurée par la balance, était venu. Aussi, depuis lors cette justice n'a pas cessé d'aller son cours, jusqu'à ce que le nouveau Balthasar eût à jamais perdu son empire, et qu'il fût plongé dans un état d'oubli, analogue à un état de mort.

La même justice s'est depuis exercée en faveur de tout souverain alors lésé, et particulièrement en faveur de l'ancienne famille de nos rois ; et par cette heureuse restauration, les mânes de l'infortuné Louis XVI furent pleinement consolés.

Enfin la justice de Dieu s'est appesantie sur les nations de la terre qui, à dater de l'an 1816, éprouvèrent, par suite d'un bouleversement de saisons, toutes les angoisses de la disette, conformément à ce qui est exprimé au troisième sceau. Car, après la figure du guerrier à la balance, suivent ces mots : « Une voix, sortie du milieu des quatre animaux, criait : Le litron de blé vaudra une drachme, et les trois litrons d'orge une drachme. »

Or n'a-t-on pas éprouvé de nos jours la rigueur de cette cherté de vivres prédite ici ? Pour nous en convaincre mieux encore, observons bien que cette extrême misère a commencé l'an 1816, un an juste après la chute complète de Napoléon, et que depuis l'année de la comète, jusqu'à celle de 1816 exclusivement, l'intervalle est de quatre années, pendant lesquelles il a fallu employer toutes les forces réunies de l'Europe, pour abattre tout-à-fait l'homme jusqu'alors invincible : et encore, tant de forces n'eussent pas suffi, si Dieu lui-même n'eût porté les premiers coups en 1812, par la destruction miraculeuse de la plus formidable de toutes les armées.

Cela posé, si nous faisons attention aux quatre animaux, du milieu desquels sortit la voix fatale qui annonçait la disette, nous verrons qu'ils se trouvent placés dans le sceau, entre l'homme à la balance et la disette, et nous apercevrons avec surprise l'analogie qui règne :

1° Entre ces quatre animaux et les quatre années dont il vient d'être parlé.

2° Entre la disette du sceau placée après les quatre animaux et la disette que l'on a vue suivre immédiatement les quatre années en question.

3° Entre la figure de l'homme à la balance (placée dans le sceau avant les quatre animaux) et Napoléon en 1811, dernière année de sa gloire, où la comète semblait avertir que nous arrivions au moment même de voir se réaliser la première figure du troisième sceau, et de voir éclater les terribles coups de la justice céleste.

En effet et en un mot, après l'année de la comète, cette divine justice frappa Napoléon consécutivement durant quatre années, si ingénieusement figurées par quatre animaux qui semblaient lacérer sa gloire. En outre, conformément à la figure, ces quatre années annonçaient à leur suite une grande disette : or cette disette s'offrit-elle ? Hélas ! oui : elle suivit immédiatement ces années de carnage. Voyez donc et réfléchissez.

Une aussi frappante analogie ne doit-elle pas porter la conviction à son dernier degré,

degré, et nous faire admirer la mystérieuse véracité de l'oracle divin, ainsi que
la scrupuleuse précision des paroles pro-
phétiques?

Quant à ces derniers mots du sceau :
« N'endommagez ni le vin ni l'huile : » où
le verbe est à la seconde personne, ne
semblent-ils pas s'adresser à l'ange chargé
de frapper la terre, et lui prescrire de ne
frapper qu'avec modération, de peur que
le vin et l'huile du Seigneur, qui sont les
élus, n'en souffrent trop, conjointement
avec les prévaricateurs? Ce qui porte à
croire que les mots *vin* et *huile* doivent
s'entendre ainsi, c'est que la vigne a été
endommagée comme le reste, et qu'elle
eût été ménagée, si le mot *vin* se prenait
à la lettre. Il faut donc voir, dans ces
deux mots, des expressions figurées. Que
le vin et l'huile soient la figure des élus :
rien ne paraît plus vrai. Le cœur des élus
n'est-il pas enivré d'amour pour Dieu? et la
grâce n'y est-elle pas répandue comme une
huile qui pénètre et assouplit? De plus,

la possession de Jésus et de son esprit
cause une douce ivresse aux élus, comme
le vin des noces de Cana ; et la grâce divine remplit l'âme et l'éclaire, comme
l'huile des vierges sages. Enfin, le baume
du Samaritain ne figure-t-il pas ces deux
remèdes spirituels : le divin amour et
la grâce qui le produit ? Or, ménager ce
qui constitue et distingue les élus, n'est-
ce pas ménager les élus mêmes ?

Je ne terminerai pas cette lettre, sans
vous prévenir qu'on pourrait avancer
que peut-être l'avenir nous convaincra
ou que les quatre animaux étaient en
outre la figure de quatre années de cherté
de froment, ou que la voix sortie du
milieu d'eux n'annonçait pas une cherté de
deux ou de quatre années seulement, mais
de plus de durée encore. Dans l'une ou
l'autre supposition, au moins est-il vrai
de dire que cette cherté subséquente ne
saurait être aussi criante qu'en 1817. On
ne pourrait y tenir, et rien ne serait plus
contraire à l'ordre donné de ménager les

élus. En supposant même toute autre
affliction, ceux-ci se verraient néanmoins
généralement à l'abri. *Propter electos bre-*
viabuntur dies illi. (Matt. 24, v. 22.)

Cependant prenons – y –garde : si le
Seigneur ne nous afflige pas cette fois
autant que nos iniquités l'exigeraient,
c'est par égard pour les élus. Lors du
quatrième sceau, il n'aura pas la même
commisération ; la foi, dans ces jours de
désolation, sera trouvée si faible, que
les vengeances divines s'exerceront à ou-
trance.

CINQUIÈME LETTRE.

QUEL livre que l'Apocalypse! doit-on
s'écrier, après vous avoir entendu. Mais
faut-il s'étonner que jusqu'ici ce précieux
livre ait été si peu consulté? L'obscurité
qui le couvre est si profonde, qu'on ne
pouvait y trouver l'attrait qu'une aurore
naissante répand sur les objets qu'elle

éclaire. Maintenant donc qu'une lueur d'inspiration commence à jeter une douce clarté sur les premières figures de ce livre mystérieux, et qu'à l'aide de ce flambeau, nous connaissons avec certitude et avec admiration les faits qui ont trait à ces figures, pourrions-nous ne pas sentir un goût vif et constant pour ce recueil prophétique, qui renferme l'histoire anticipée de la sainte église de Dieu ?

Semblables à des voyageurs, qui se reposent par intervalle pour prendre de nouvelles forces, et qui recueillent des renseignemens pour se prémunir contre les périls de leur route ; ne sommes-nous pas intéressés à ouvrir ce trésor de lumières et d'avertissemens, à y revoir les passages déjà éclaircis par les faits, pour nous en édifier sans cesse, enfin, à y prendre connaissance des maux à venir, pour qu'une sainte terreur des jugemens de Dieu nous maintienne dans l'amour de sa loi, et nous fasse opérer notre salut avec tremblement ?

Mais hélas! malgré les merveilles que nous voyons jaillir de ce foyer mystique, malgré la certitude que ces divines étincelles nous donnent de l'accomplissement de tout ce qui s'y trouve prédit, la généralité des hommes ne profitera pas de tant de salutaires leçons faites ou à faire. L'on ne songera pas à bénir Dieu des œuvres merveilleuses de sa sagesse, ni à se retirer des sentiers de l'erreur et du vice, par la crainte des calamités qui menacent les enfans de nos enfans. Tant est profonde la perversité des cœurs! Tant est certaine la prévision du Seigneur qui, connaissant cette déplorable opiniâtreté, en a d'avance décrété, prédit et décrit les châtimens irrévocables!

Ce peu de réflexions, je les dois aux lumières que j'ai puisées dans les développemens que votre affection pour moi vous a fait entreprendre. Mais n'en restons pas là. Achevez votre ouvrage; et après m'avoir tant édifié en portant et en fixant en moi la persuasion de l'entier accomplissement des trois premiers sceaux, donnez - moi, je vous prie, quelques éclaircissemens sur l'ensemble des événemens qui se sont suivis depuis la ruine de Jérusalem jusqu'à la présente époque; car tout est lié dans les merveilles de Dieu envers son église, comme dans les opérations de la nature.

RÉPONSE
A LA 5ᵉ LETTRE.

LA ruine de Jérusalem est le premier anneau de cette chaîne d'événemens qui doivent se succéder jusqu'à la fin du monde. Saint Jean n'a point parlé de cette première catastrophe, parce qu'elle était déjà consommée lorsqu'il travaillait à son Apocalypse, et parce qu'il se proposait seulement de figurer ce qui devait arriver dans la suite des temps. J. C. lui-même fut le prophète de ce premier fait mémo-

rable. A la peinture de cette ruine il voulut, par un admirable coup de sagesse,
ajouter celle de la ruine du monde, en
réservant à son disciple bien-aimé le privilége de peindre les événemens intermé-
diaires de ces deux ruines. Cependant il
a daigné en parler sommairement en ces
termes : « Depuis ces jours d'affliction,
c'est-à-dire, depuis le désastre de Jérusalem jusqu'à la destruction du monde,
qui n'arrivera pas de sitôt, on verra se soulever peuple contre peuple, et royaume
contre royaume. Il y aura en divers endroits des pestes, des famines, de grands
tremblemens de terre, et de grands et
redoutables prodiges dans le ciel ; et ce ne
sera là encore que le commencement des
maux. Il s'élevera de faux Christs et de
faux prophètes, qui feront de si grands
miracles et de si grands prodiges, que les
élus mêmes, s'il se pouvait, en seraient
séduits. Il y aura des signes dans le soleil,
dans la lune et dans les étoiles ; sur la
terre, les peuples seront consternés par

la frayeur que leur causeront les bruits confus de la mer et des flots. Les hommes demeureront pâmés de crainte dans l'attente de ce qui devra arriver à toute la terre ; car les vertus des cieux seront ébranlées. » *Voyez la note à la fin.*

Mais il était réservé à saint Jean de détailler et de préciser ce que J. C. n'avait fait qu'indiquer en masse. Cela lui était réservé depuis le moment où, avant d'aller à la mort, le divin maître disait à ses disciples, que l'Esprit saint leur annoncerait un jour tout ce qui devait arriver.

Après cet exposé, tâchons de vous satisfaire. Je commence par la dispersion des Juifs. Depuis la perte de leur ville, nous les voyons errans parmi le monde, conformément à ce qui a été prédit d'eux, et pour attester en tout lieu et dans tous les temps la rigueur avec laquelle le Seigneur se venge. L'intention de Dieu est donc ici qu'à la vue de ces infortunés témoins, les hommes tremblent et s'édifient.

Ce Dieu des rois, pour ajouter à la force d'un témoignage déjà si puissant, a fait intervenir un acte d'éclat d'une telle importance, qu'il a voulu en faire tracer la figure deux cents ans auparavant. C'est la conversion de l'empereur Constantin. Le sort des Juifs, la religion sur le trône des Césars : voilà des faits qui parlaient bien haut, et qui eussent dû entretenir la sainte crainte de Dieu dans les esprits, et son amour dans les cœurs. Mais, ô déplorable aveuglement ! les désordres naissent de toutes parts ; ils se multiplient dans l'héritage du Seigneur : les hérésies se succèdent, les déchiremens s'ensuivent. Que fait Dieu pour punir son peuple de ses égaremens ?

Aux deux grandes preuves de sa puissance, il en ajoute une troisième, non moins éclatante. Il permet à l'enfer de vomir un de ses monstres sur la terre. Mahomet paraît, et toute la Chrétienté est menacée. D'où vient à ce monstre tant de force et d'empire ? N'en doutons pas : écoutons l'apocaliste qui nous dit : Son pouvoir, il ne le tient pas de lui-même; il lui a été donné. Et certes, quel autre le lui aurait donné, sinon celui qui a fait annoncer et dépeindre ce premier Antechrist, cinq cents ans avant qu'il arrivât ?

C'est donc encore le Seigneur qui offre au monde cet autre témoignage terrible de la rigueur de ses vengeances, afin que ses enfans en soient glacés d'effroi et qu'ils reviennent à résipiscence. L'ont-ils fait ? Bien loin de là, ils se sont fasciné les yeux pour ne pas voir, dans la fureur du mahométisme, une nuée de la colère divine, s'accroissant et lançant fort au loin ses flammes et ses dégâts ; et le schisme des Grecs s'est consommé ; et les erreurs de Luther et de Calvin ont imité les progrès d'un cancer ; et l'impiété des philosophistes a étendu ses ravages des palais des rois aux cabanes des bergers. Voilà les fruits empoisonnés d'une période de douze siècles. Le dernier de ces fruits est le comble de l'iniquité. C'est celui qui excite le plus le courroux du Seigneur. Aussi est-ce ce fruit qui a valu à ma malheureuse patrie tous les maux qui ont pesé sur elle pendant plus d'un quart de siècle.

Les impies avaient formé le désir de voir les rênes du gouvernement dans les mains d'un souverain, philosophe à leur goût. Le ciel irrité a permis l'accomplissement de ce vœu ; et en le permettant, il méditait la perte des impies. Voyez comme le Seigneur se rit des projets insensés des esprits superbes, et comme il les fait tourner à leur propre confusion : le souverain tant désiré brille enfin sur un trône, le plus puissant de l'Univers. Il s'y était assis après une foule d'exploits guerriers qui tenaient du prodige ; il s'y maintenait par une continuité de faits d'armes sans exemple. L'Univers tremblait aux pieds de ce colosse qu'on croyait à jamais affermi. Qui eût osé lui résister?... Un seul homme cependant eut ce courage : cet homme est l'humble Pie VII.

C'était là que le Dieu des armées attendait le nouveau César. C'était là le moment marqué et figuré depuis dix-sept siècles ; où le Dieu vengeur devait enfin faire éclater sa justice, et renverser d'un souffle cette puissance énorme qui paraissait inébranlable. De là ces chocs terribles qui ont ensanglanté l'Europe pendant quatre années consécutives, et après lesquelles on vit d'autres années plus calamiteuses encore. Ce sont celles où une disette générale vint oppresser les cœurs et caver les yeux des habitans d'une grande partie de la terre.

Ainsi se venge le Seigneur pour nous faire rentrer en nous-mêmes, et pour nous porter enfin à profiter, mieux que nos ancêtres, des leçons tirées et de la dispersion des Juifs, et de l'état de soumission des rois au joug de l'évangile, et de la plaie hideuse du mahométisme. Nous avons en outre à profiter du dernier châtiment dont nous fûmes les victimes, et dont l'histoire ne parlera qu'avec l'accent de la plus profonde douleur ; châtiment prévu et décrit du doigt de Dieu même, il y a dix-sept siècles.

Tels sont, je pense, les éclaircissemens que vous attendiez de moi. Il aurait fallu une autre plume que la mienne, pour répandre sur ce canevas les charmes du style et tous les attraits qui enfantent plus puissamment la persuasion.

F I N.

DATES. — *Voyez page* 29.

Le 2ᵉ bulletin de la Grande-Armée de 1812, porte que l'empereur de France partit de Kœnigsberg le 17 juin, qu'il se rendit le même jour à son quartier-général de Justerburg, et que le 19, ayant porté son quartier-général à Gumbinnen, il prononça cet arrêt : « Les vaincus prennent le ton des vainqueurs; la fatalité les entraîne, que les destins s'accomplissent. »

Ce bulletin donne en même temps le texte de la proclamation de guerre, datée de Wilkowiski, le 22 juin 1812.

Le 20, Pie VII était arrivé à Fontainebleau.

NOTE. — *Voyez page* 41.

Le moelleux et fécond auteur des *Études de la Nature*, rempli tout à la fois d'un sentiment si exquis et d'idées si bizarres, en citant, *Étude* 9ᵉ, le verset 31, ch. 38 du livre de Job, d'après la traduction de Sacy, voudrait oser rectifier cette version; mais constamment préoccupé de son système favori sur l'origine des marées, il n'est pas plus heureux ici qu'il ne l'est ailleurs à rendre certains autres passages.

Si l'on voulait hasarder une nouvelle traduction
de ce verset, ne pourrait-on pas l'entreprendre avec
quelque succès, en faisant ressortir le noble et frappant contraste que présente le texte, et en opposant
l'action de réunir les Pléiades dispersées pour en
former une figure régulière, à l'action de disperser
l'amas régulier des étoiles du Chariot que l'Arcture
précède et semble traîner à sa suite, en forme de
circuit, *Gyrando* ?

Au lieu donc de traduire, comme Sacy, Carrières
et autres, *Gyrum Arcturi dissipare*, par ces mots :
Détourner l'Ourse de son cours ; on dirait : Disperser les étoiles de l'Ourse qui paraît se mouvoir
en circuit dans cette partie du ciel, où l'Arcture
jette le plus grand éclat ; ou plus simplement : Disperser les étoiles du Chariot céleste de l'Arcture.

AUTRE NOTE. — *Voyez page 80.*

TOUTES ces choses doivent arriver successivement
dans l'intervalle compris entre la ruine de Jérusalem
et la destruction universelle : soit que celle-ci les
suive de près ou non. Mais rien n'autorise à penser
que ce sera de près, pas même ces mots : *et tunc*
(*Marc* 13, *v.* 26). Jugeons-en d'après un verset de
même physionomie, tel qu'est le 31e du ch. 2 du
prophète Joël, et que voici : « Le soleil sera changé
en ténèbres et la lune en sang, avant que le grand

et terrible jour du Seigneur arrive. » Or dira-t-on, d'après la teneur de ce texte qui contient la substance des v. 24, 25 et 26 du ch. 13 de saint Marc, que ce jour terrible suivra, immédiatement et sans beaucoup tarder, cette effroyable configuration du soleil et de la lune ? ce serait erreur.

Au contraire, malgré la connexité des deux membres de ce verset, on doit dire qu'entre les signes épouvantables que décrit Joël, et ce grand jour, la distance ne sera pas peu considérable ; puisque ces signes sont précisément ceux du sixième sceau, et que le septième, qui annonce tant d'autres catastrophes et tant d'autres signes, mais moins horribles, hormis la 7e coupe, supposé une longue durée, à laquelle en outre succédera le règne de mille ans : règne d'un temps indéterminé, où vraisemblablement la religion du Christ sera seule professée en tout lieu.

ÉLUCIDATION
RELATIVE A LA 3e LETTRE.

LECTEUR, vous seriez inexcusable d'être sourd à la voix du firmament. Il parle trop haut pour ne point être entendu de vous. Toute l'année il vous offre, au nord, le nombre des sacremens du salut, dans le Chariot céleste, dont les trois étoiles du timon figurent ceux qui impriment caractère. En été, le

firmament,

firmament, par son triangle à votre zénith, vous rappelle chaque soir que vous avez un Dieu en trois personnes à adorer, et avant le lever du soleil, il vous montre une croix à vénérer; mais en hiver, il fait briller cette croix au-dessus de votre tête.

Pour jouir d'un spectacle aussi ravissant, vous devez être tourné vers l'orient; alors cette grande et belle croix, formée de cinq étoiles, vous apparaît sans confusion, sans que d'autres étoiles en altèrent la conformation, soit en dedans, soit en dehors (*). A sa gauche et à votre droite, vous apercevez trois étoiles de l'*Orion*, qui sont très-rapprochées sur une même ligne, et que le peuple appelle les trois rois, mais qu'il convient d'appeler les trois clous. De plus, ces trois étoiles considérées conjointement avec les deux moins brillantes qui sont au-dessous, concourent avec celles-ci à signifier les cinq plaies. Quant à l'étoile plus éclatante de l'*Éridan*, qui termine ce groupe, elle figure le sacré-cœur d'autant mieux que les astronomes comparent à un fleuve la traînée sinueuse qui part de cette étoile.

Remarquez encore que l'extrémité droite du croisillon est surmontée d'une étoile représentative du

---

(*) Lorsqu'on rencontre la planète de Vénus dans la croix du sud, elle n'y est que passagèrement; alors elle ne peut que nous attendrir à la touchante idée du fils de l'homme sur sa croix. O firmament! tes grandeurs sont inénarrables.

bon larron, et qu'à l'extrémité gauche, celle que vous voyez plus en dehors et au-dessus des trois clous, est propre, par sa divergence, à représenter le mauvais larron. En outre, admirez, au pied de la croix et vers le midi, l'étoile *Sirius*, la plus grande de toutes, et rappelez-vous l'astre auquel l'église compare la sainte mère du Christ, dans l'*Ave maris stella*.

Si vous êtes surpris de cette singulière disposition d'étoiles, qui date du moment de la chute de nos premiers parens, vous le serez bien plus encore de voir que Dieu, pour éterniser la malheureuse époque de la victoire d'un serpent, a tracé dans le firmament trois figures de ce fatal reptile, lesquelles l'astronomie païenne même a décrites dans tous ses tableaux. Mais ce qui doit surtout vous surprendre, c'est que, par leur direction, ces figures enlacent, pour ainsi dire, tout le contour de la sphère; c'est que l'*Hydre*, presque tout-à-fait invisible pour nous, avance sa tête au pied de la croix, comme pour en être écrasée, tandis que la *Couronne* figurée au-dessus de la tête du *Serpentaire*, et que l'on voit briller entre le Triangle et l'Arcture, ne saurait mieux se rapporter qu'à la couronne d'épines, qui a vaincu le serpent infernal ; enfin, c'est que le *Dragon* ne semble placé entre le Chariot céleste et les trois étoiles figuratives de la trinité, que pour nous inviter à le combattre et par notre foi dans la trinité et par notre participation au sept moyens de salut. Mais cessons de parler avec si peu d'art d'un sujet non moins inépuisable que poétique.

Ce détail, quoique assez aride, est le contre-pied de l'insensé système de l'athée Dupuis, déplorable auteur de l'*Origine de tous les Cultes.*

AUTRE ÉCLAIRCISSEMENT.

PAGE 79, on lit : « A la peinture de cette ruine il voulut, par un admirable coup de sagesse, ajouter celle de la ruine du monde. »

Mais en quels termes le Sauveur a-t-il fait la peinture de la ruine du monde? Il l'a faite au verset 30 du ch. 24 de saint Mathieu. D'après ce verset, le fils de l'homme viendra dans les nuées du ciel, avec une grande puissance et une grande majesté. Il est évident que ce sera là le grand jour du Seigneur. Or, selon le prophète Joël, ce jour sera terrible : mais de quelle manière? L'apôtre saint Pierre nous l'explique, lorsqu'il nous apprend que le jour du Seigneur viendra comme un voleur, et qu'alors les cieux passeront avec le bruit d'une effroyable tempête; les élémens embrasés se dissoudront, et la terre, avec les ouvrages qui y sont, sera consumée par le feu. Donc, par cette grande puissance et par cette grande majesté que le Fils de l'homme déploiera dans les nuées du ciel, nous devons entendre la

8.

violence inouïe de la plus effroyable tempête, et l'extrême rapidité des torrens de feu, que de formidables nuées vomiront de toutes parts pour opérer la ruine de l'Univers.

Cette horrible et dernière catastrophe, semblable à une explosion soudaine, viendra subitement répandre sur tous les visages la pâleur de la consternation; car, fondant sur le globe entier, elle l'enveloppera comme dans un filet (*Luc* 21, *v*. 35). Mais viendra-t-elle de la sorte anéantir toutes choses, sans que rien l'ait présagée? Non, puisque auparavant l'on verra le signe du Fils de l'homme briller dans les cieux. Peut-être s'agit-il ici de cette grande et belle croix que nous admirons avec ses appendices dans le firmament, et qui paraîtra dans le ciel (*parebit in cœlo*) plus éclatante alors que jamais : ce qui causera tant de frayeur et d'inquiétude à toutes les nations, qu'elles se mettront à pousser des cris lamentables (*et plangent*), jusqu'à ce que les airs, qu'elles auront vus de plus en plus s'enflammer, apportent dans tous les poumons le desséchement et la mort.

Enfin, avant que la terre soit entièrement devenue la proie des flammes, les anges sonneront de la trompette, et à ce bruyant signal, les tombeaux émus s'ouvriront, la poussière des morts se ranimera, et tous les hommes ressuscités se trouveront en présence de leur Juge.

ÉBAUCHE ASTRONOMIQUE.

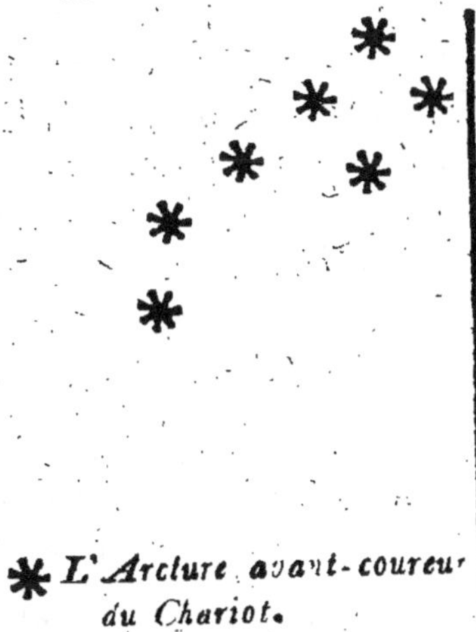

La constellation du Dragon, au nord, et celle d'Hercule, au midi, dévancent le grand Triangle.

Dragon. Hercule.

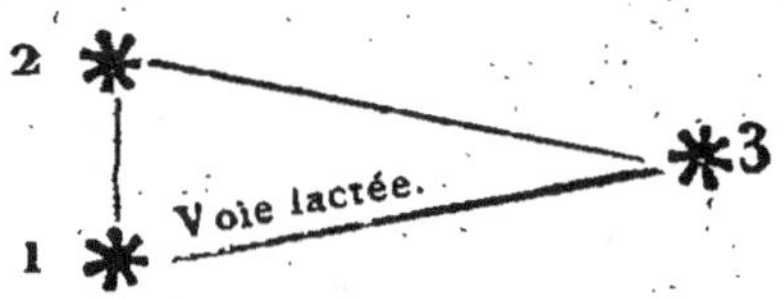

La grande étoile du Cocher, au nord, et celle du Dauphin, au midi, précurseurs de la Croix du sud.

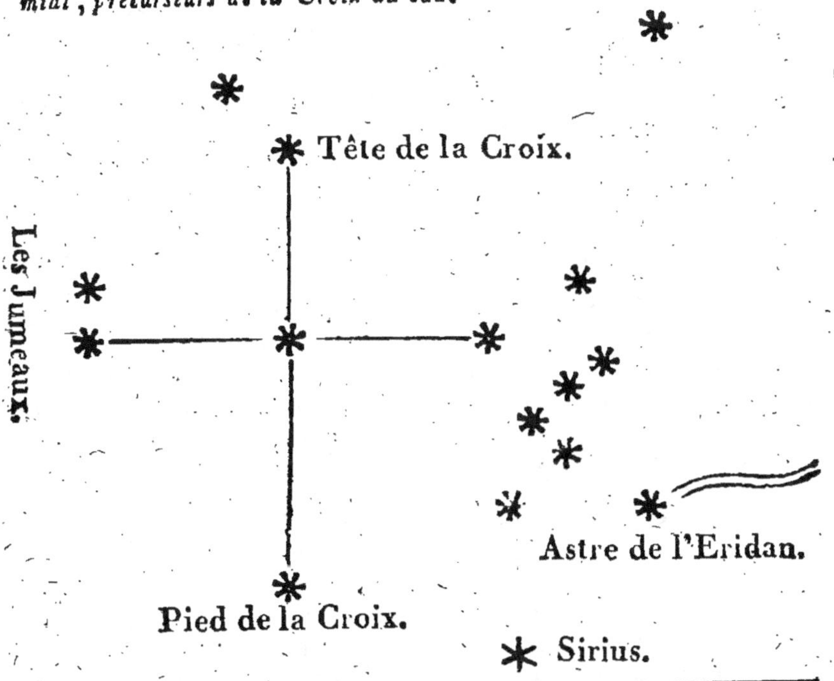

1. Astre du Cygne. — 2. Astre de la petite Aigle. — 3. Astre de la grande Aigle.

NOMENCLATURE CHRÉTIENNE
DES PRINCIPALES ÉTOILES DU FIRMAMENT,
A l'usage de ceux qui se sentent assez de courage pour ce genre d'application.

LA Voie lactée est une espèce de ceinture étoilée et fixée au firmament à la manière d'un cercle. Cette ceinture est tellement parsemée d'étoiles, qu'elle offre l'apparence d'un lait répandu sur toute l'étendue de sa circonférence. Elle tourne annuellement autour de la terre, d'orient en occident, passant en été à notre zénith, et en hiver s'inclinant vers le sud-ouest, de telle sorte qu'à son opposite elle devient apparente vers le nord. Toute l'année, le Chariot céleste, dans son circuit, se plaît à nous étaler son vif éclat, au haut du pôle septentrional, qui se meut selon l'inclinaison de ce mystérieux baudrier. C'est sur cette magnifique écharpe que posent le grand Triangle et la Croix du sud, à une distance de près d'un demi-cercle l'un de l'autre. De-là vient que la Couronne lactée, semblable à une haie circulaire de troëne fleuri, retrace à notre imagination l'idée d'une infinité d'anges qui paraissent comme entassés, les uns depuis la tête de la Croix jusqu'au Triangle divin, et les autres depuis celui-ci jusqu'au pied de la Croix, tous occupés à préconiser à l'envi les ineffables mystères du salut.

Mais, lecteur qui désirez connaître les principales étoiles dont la grandeur vous frappe le plus dans les intervalles du Triangle à la Croix, et de celle-ci au Triangle ; prenez, aux mois de juillet, août et septembre, la position décrite, *page* 40, et sans vous occuper de la figure triangulaire qui embellit alors votre zénith, ni de l'Arcture et de son Chariot qui se traînent majestueusement vers votre gauche ; cherchez la ligne pléiadique tracée entre la grande étoile du Dauphin au midi, et la grande étoile du Cocher vers le nord ; et à l'aspect de cette ligne, mais surtout de ces deux grands astres, dites : Ces astres m'annoncent que la Croix ne tardera pas à venir porter la joie dans mon âme et y faire naître, d'un souvenir aussi attendrissant, tout ce que le sentiment a de plus affectueux.

En même temps, sachez que l'astre du Dauphin est bien plus éloigné de la Croix que celui du Cocher, qui en avoisine la tête d'assez près ; et convenez que le premier pourrait s'appeler l'astre de David, et le second, la tête de saint Jean ; puisque David, ce chantre sublime, a célébré, mille ans avant

J. C., les mystères de la Croix, avec toute la pompe de la poésie, témoin entr'autres le psaume 21; et que saint Jean, ce vénérable précurseur du Christ, n'a consommé son martyre qu'un peu avant le crucifiement de son divin Maître.

Cependant vous voyez les Pléiades s'avancer de front insensiblement : vous les voyez vous amener successivement les deux premiers signes du Zodiaque, dont les étoiles les plus saillantes ne sont que de moyenne grandeur ainsi que les Pléiades. A la vue de ces différens astres, formaut comme une auréole en avant de la Croix, ne vous semble-t-il pas que c'est une troupe d'anges qui précèdent silencieusement l'adorable instrument du salut?

Mais enfin, vous l'apercevez cette Croix, au moment où l'aurore s'apprête à faire succéder son fastueux éclat à l'éclat modeste des astres de la nuit. Désabusez-vous néanmoins, si vous croyez pouvoir en été contempler à loisir et complètement cette ravissante image du signe du Fils de l'homme. Ce n'est qu'au sein de l'hiver que vous la voyez planer le long des nuits au-dessus de votre tête. Alors mieux que jamais, vous pouvez admirer avec quelle symétrie sont disposées les étoiles qui la composent et celles qui l'accompagnent; et pressé par l'évidence, vous dites : Qui ne voit que chacune des cinq étoiles de la Croix ne devroit tirer son nom que de sa position respective? Qui ne voit que l'étoile du bon Larron se fait naturellement distinguer à la droite, et celle du mauvais Larron à la gauche; et que très-certainement l'étoile de l'Éridan est figurative du Sacré-Cœur, puisqu'on ne peut se méprendre sur la frappante image des trois Clous? De plus, convenons que l'étoile Sirius, qui l'emporte en éclat sur toute autre, et qui donne à ce tableau son dernier point d'intérêt et de perfection, mérite à tous égards de porter le nom d'astre de Marie.

A la suite de la Croix (et remarquez ici que vous êtes en janvier, février et mars), à la suite de la Croix, vous voyez paraître le cinquième signe du Zodiaque : cette constellation, dont la richesse vous étonne, et qu'on dir it ressembler à un grand chœur d'anges, vous avertit de vous attendre à un spectacle enchanteur, fait pour alimenter et accroître en vous l'enthousiasme de l'admiration. En effet, qu'envisagez-vous du nord au midi, en mars et aux mois suivans? Tandis que l'éclatant Chariot vous présente son timon tourné vers le midi, l'Arcture vous sourit en face avec le plus vif attrait; et, tout-à-fait au sud, la plus grande étoile du sixième signe zodiacal vous réjouit la vue par le brillant de sa lumière. Ainsi, voyant que l'Arcture semble conduire et diriger le Chariot céleste, vous n'hésitez pas à nommer cette charmante étoile l'astre du Salut; et l'autre qui brille au midi, vous l'appelez l'étoile des Serpens, sachant qu'elle est dominante dans l'espace compris entre l'Hydre, du côté occidental, et le Serpentaire, vers l'orient, où bientôt vous voyez étinceler ce grand reptile avec la superbe couronne placée en avant de sa tête.

Selon l'astronomie même, l'extrémité du Serpentaire paraît se replier en arrière autour d'un espèce de Pilier. Or ce Pilier, surmonté de la constellation d'Hercule et terminé par celle du Scorpion entr'autres, ne saurait être mieux représenté que sous la forme d'un arbre, dont le sommet touche à la tête du Dragon, et dont les racines s'étendent au loin vers le pôle austral.

Après avoir joui d'un coup d'œil aussi attrayant, vous ne tardez pas à voir se lever à votre gauche la très-éclatante étoile de la petite Aigle; elle est suivie de près de celle du Cygne, qui est un peu moindre en éclat, mais qui fait le principal ornement d'une figure justement comparée au cygne ou à la colombe. Enfin, l'astre de la grande Aigle, qui est un des plus remarquables du firmament, se présente à l'est et demande de partager à son tour votre attention. Telles sont les trois étoiles figuratives de la Trinité. C'est ce grand Triangle qui, tous les soirs de l'été, déploie avec majesté son triple éclat au-dessus de vous.

Si vous observez qu'en avant de ce Triangle, on rencontre, du nord au midi, et le Dragon et le grand Arbre qu'enlace le Serpentaire; cet admirable arrangement d'étoiles ne manquera pas de vous rappeler que l'abus du fruit de l'Arbre de la science du bien et du mal a nécessité et comme entraîné la manifestation des trois Personnes divines.

Au moyen de cette description sommaire, vous pouvez, lecteur, découvrir et distinguer de vous-même les principales étoiles du firmament. Les élans de surprise et d'admiration que cette intéressante étude produira dans votre âme, seront la plus douce récompense de mon zèle à vous développer confidemment mes idées.

Rem. Si l'on a pu se faire illusion dans quelques endroits de cet Opuscule, le Lecteur n'ignore pas que de légers nuages glissent souvent, mais sans conséquence, à travers les rayons de la lumière.

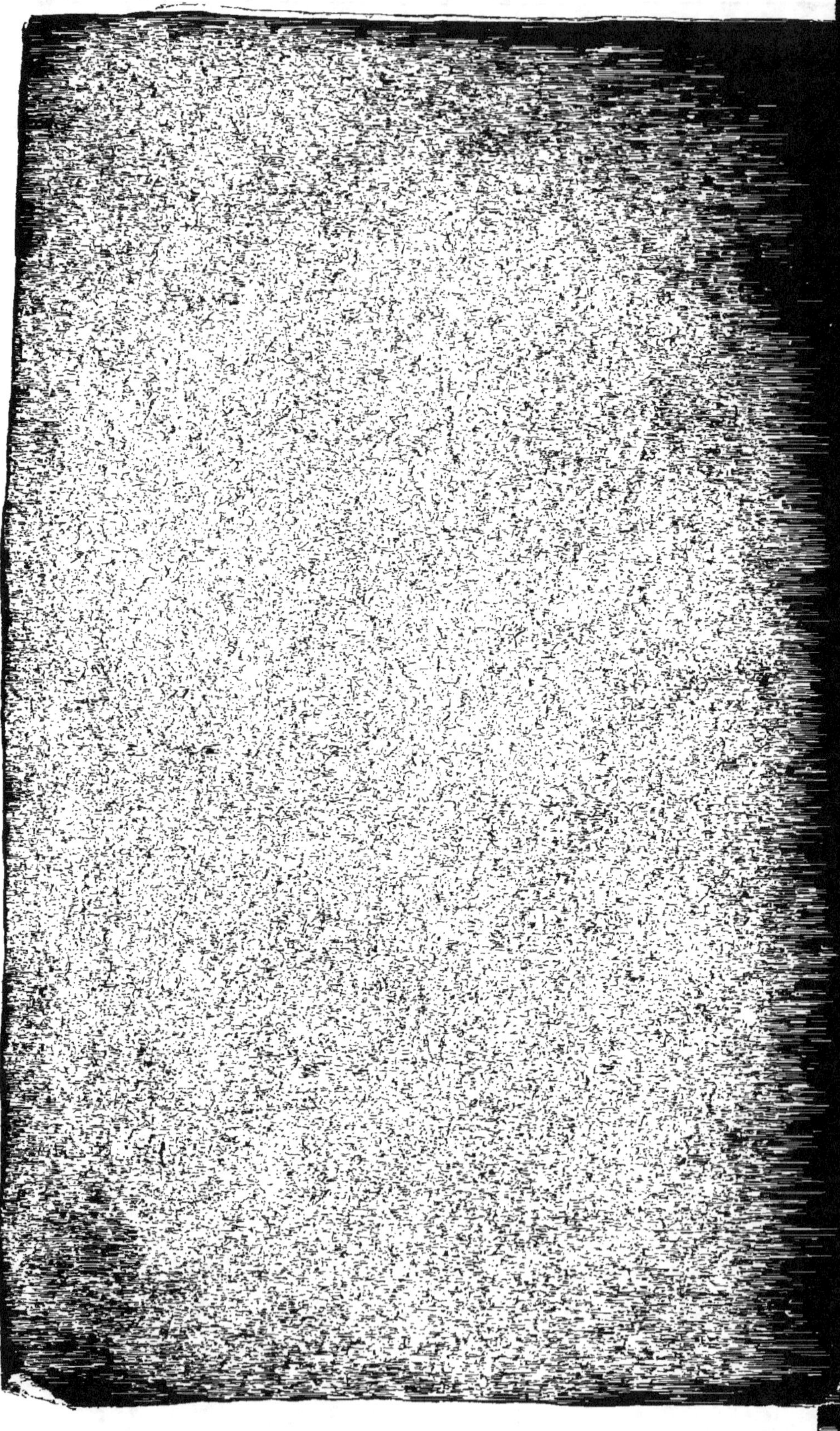

www.ingramcontent.com/pod-product-compliance
Lightning Source LLC
LaVergne TN
LVHW050059060726
842524LV00003B/832